AF312676

5 mai 1881

COLLECTION

Christophe VAN LOO

(DE GAND)

TABLEAUX

ET OBJETS D'ART

CATALOGUE

DES

TABLEAUX

ANCIENS

DES ÉCOLES HOLLANDAISE, FLAMANDE ET ALLEMANDE

ET DES

OBJETS D'ART

COMPOSANT LA COLLECTION

DE FEU M. CHRISTOPHE VAN LOO (DE GAND)

DONT LA VENTE, POUR CAUSE D'INDIVISION, AURA LIEU

A PARIS

HOTEL DROUOT, SALLE N° 1

LE MERCREDI 25 MAI 1881, A DEUX HEURES

—⋅⋅✕⋅—

EXPOSITIONS

PARTICULIÈRE	*PUBLIQUE*
LUNDI 23 MAI 1881	MARDI 24 MAI 1881

De une heure à cinq heures

—⋅◆⋅—

Mᵉ CHARLES PILLET

COMMISSAIRE-PRISEUR, rue Grange-Batelière, 10

EXPERTS

M. VICTOR LE ROY	M. GEORGE	M. CH. MANNHEIM
Expert des Musées royaux de Belgique	12, rue Laffitte, 12	7, rue Saint-Georges, 7
RUE DES CHEVALIERS, 18, BRUXELLES		PARIS

CONDITIONS DE LA VENTE.

Elle sera faite au comptant.

Les adjudicataires payeront *cinq pour cent* en sus des enchères.

M. Weissenbruch, imp. du Roi, rue du Poinçon, 45, Bruxelles.

DÉSIGNATION.

ARTHOIS

(JACQUES D').

Né à Bruxelles en 1613, mort en 1665 ?

1 — Soleil couchant.

Site boisé traversé par une rivière au cours sinueux, sur laquelle on voit deux embarcations portant des personnages.
Fond montagneux.

Bois. Haut., 48 cent.; larg., 62 cent.

BRAUWER

(ADRIEN).

Né à Haarlem en 1608, mort à Anvers en 1639.

2 — Le joueur de flûte.

Un villageois, assis le coude gauche appuyé à une table de bois, tient en main une flûte dont il essaye en vain de boucher les trous et rit aux éclats de son inhabileté dans le maniement de cet instrument primitif.

Derrière lui un personnage debout, coiffé d'un feutre rabattu sur les yeux, est drapé dans un manteau brun.

Cuivre. Haut., 16 cent.; larg., 12 cent.

BERGEN

(DIRK VAN).

Né à Haarlem en 1645, mort en 1689.

3 — Pâturage.

A droite, près d'un arbre de haute futaie, un pâtre appuyé contre un jeune taureau surveille son troupeau composé d'une vache rousse à plaques blanches et d'une chèvre se désaltérant dans une mare, d'un ânon, de deux chevreaux et d'une vache rousse au repos, puis d'une vache noire qui se dirige vers le fond.

Toile. Haut., 39 cent.; larg., 51 cent.

BLIECK

(DANIEL DE).

Delft? 1651.

200   4 — Architecture.

350   Un palais italien s'élève à gauche; devant ce monument s'avance une jeune femme tenant son enfant par la main et précédée de son chien. Plus loin, un cavalier se dirige vers la droite et sous la colonnade et dans le fond circulent des personnages.

Signé en toutes lettres.

Bois. Haut., 26 cent.; larg., 37 cent.

BOTH

(JEAN).

Né à Utrecht en 1610, mort en 1650.

5 — Paysage.

A gauche de ce charmant paysage pris sous un beau ciel d'Italie, se dressent des masses rocheuses, çà et là couvertes de taillis et d'arbres aux rameaux touffus tenant cette partie plongée dans la demi-teinte. A droite et au premier plan s'élève une colline couverte de broussailles qui ont peine à pousser leurs racines dans les roches dont elle est formée.

Au centre, s'étend un chemin qui s'éloigne en tournant et disparait entre les rochers de gauche, derrière lesquels vient se dérouler un paysage pittoresque terminé par un horizon montagneux.

Sur le bord de ce chemin, un villageois, accompagné d'un chien, vient de s'arrêter et cause avec une villageoise assise par terre ; elle porte un enfant endormi et un jeune garçon se tient en arrière.

Une lumière chaude et vaporeuse, que répandent les derniers rayons du soleil couchant, éclaire délicieusement ce paysage d'une exécution soignée.

Les figures qui animent ce site sont dues au pinceau de Philippe Wouwerman.

Signé Both f.

Collection de M. Désiré Van den Schrieck. Louvain.

Bois. Haut., 37 cent.; larg., 48 cent.

DEELEN

(DIRK VAN)

ET

STEVERS

(ANTOINE-PALAMÈDLS).

Florissaient vers 1646.

6 — Épisode de carnaval.

A droite, une troupe joyeuse, affublée de costumes grotesques, fait irruption dans un salon somptueux, où se trouve réunie une nombreuse société.

A gauche, près de l'âtre éclairé par les reflets du foyer incandescent, sont assis une dame et un gentilhomme vus de dos, et un autre couple vu de face; derrière ceux-ci, les convives attablés.

Les figures sont de Palamèdes, l'architecture est due au pinceau de Dirk Van Deelen.

Signé D. V. Delen f., 1632.

Bois. Haut., 36 cent.; larg., 49 cent.

DOUVEN

(JEAN-FRANÇOIS).

Né à Ruremonde en 1655, mort en 1727.

7 — Le Violoniste.

Accoudé sur l'appui d'une fenêtre cintrée, un jeune gentilhomme joue du violon ; sa chevelure d'un blond doré retombe en boucles sur les épaules ; sur son pourpoint de velours couleur marron est négligemment jetée une écharpe de satin bleu. Sur le rebord de la fenêtre sont posés un cahier de musique et un riche tapis de Turquie qui pend au dehors et cache, à droite, une partie d'un bas-relief représentant des enfants jouant avec une chèvre.

Les tableaux de Douven se présentent rarement aux enchères publiques, celui-ci peut être considéré comme un de ses chefs-d'œuvre.

Signé J.-F. Douven, 1683.

Collection de Koninck de Merckem. Gand.

Cuivre. Haut., 30 1/2 cent. ; larg., 22 cent.

HEEM

(JEAN-DAVID DE).

Né à Utrecht en 1600, mort à Anvers en 1674.

8 — Fleurs et insectes.

Sur une console de marbre est posée une bou-
teille où baignent les tiges d'un magnifique bouquet de pivoines, roses thé et roses rouges, jonquilles, tulipes, pavots et viorne-obier. Sur la
tablette de la console des œillets variés, des ce-
rises, une branche de mûrier sauvage chargée de
fruits et un chardon. Des lépidoptères, parmi lesquels se distingue un sphynx, des chenilles, des
mouches, une araignée, des escargots et une
énorme sauterelle, complètent le tableau, qui est
une des œuvres les plus parfaites de De Heem,
sous tous les rapports.

Signé J. D. De Heem.

Collection de Kat de Dordrecht.

Bois. Haut., 92 cent.; larg., 69 cent.

HEEM

(JEAN-DAVID DE).

9 — Fruits.

Sur une table de marbre, recouverte en partie par un tapis bleu, sont étalés un plat d'argent contenant des nèfles et des citrons, un citron mi-pelé dont le zeste repose en partie sur le plat d'argent, une grappe de raisin et un verre de Venise à moitié rempli de vin.

Signé J. De Heem.

Bois. Haut., 33 1/2 cent.; larg.. 48 1/2 cent.

HEYDEN

(JEAN VAN DER).

Né à Gorcum en 1637, mort à Amsterdam en 1712.

10 — Vue extérieure d'une ville.

Ce tableau nous place à l'entrée d'une ville,
dont on aperçoit en partie les murs et les rem-
parts qui sont, dans tous les détails, d'une exécution admirable et d'un pittoresque saisissant.

Sur l'appui du mur d'enceinte, à gauche, sont
deux personnages, dont l'un pêche à la ligne dans
les eaux qui entourent la ville ; sur la terrasse de
ce côté est une ménagère qui porte un paquet de
linge et un seau.

Sur le pont de bois et de pierre, formant l'entrée de la ville, sont quelques piétons et un cavalier. A droite, on voit une charmante habitation ;
un homme court sur le sentier qui conduit au
bord de l'eau, et un paysan conduit ses chevaux
à l'abreuvoir.

Un beau ciel légèrement nuageux éclaire un
horizon montagneux, où l'on aperçoit un moulin
à vent.

Signé V. Heyden.

Collection Van Saeghem. Gand.

Bois. Haut., 38 cent.; larg., 52 cent.

HONDEKOETER

(MELCHIOR DE).

Né à Utrecht en 1636, mort dans la même ville en 1695.

11 — Poulailler.

Au premier plan, une poule couveuse, au plu-
mage blanc, surveille trois poussins qui se sont
échappés et prennent leurs ébats; un coq se
dirige en chantant vers la droite et, à gauche,
apparaît une poule rousse.

Dans le fond, sur un monument en ruine, per-
chent quelques pigeons.

Signé Hondekoeter.

Collection Morel. Gand, 1843.

Toile. Haut., 75 cent.; larg., 92 cent.

KUPETZKY

(JEAN).

Né en 1666 à Pössing (Hongrie), mort en 1740

5.40

12 — Portrait du peintre.

Représenté debout, à mi-corps ; de la main
droite il tient un crayon et un dessin à la san-
guine. Coiffé d'un bonnet en peau de renard, serré
par des rubans de satin blanc, il porte une houp-
pelande de soie et une chemise à jabot et manches
de batiste.

Sur son bras gauche est posé un manteau vert.

Toile. Haut., 96 cent.; larg., 73 cent.

LINGELBACH

(JEAN).

Francfort-sur-le-Mein 1625, mort à Amsterdam vers 1687.

13 — Fenaison.   365

Au centre, deux paysans chargent de foin une
charrette attelée de deux chevaux dont le conducteur, assis sur le brancard, joue avec un chien.
A gauche, un villageois et une femme chevauchant
sur la même monture, causent avec un faneur.
A droite, une famille dont le chef se désaltère.

Toile. Haut., 43 cent.; larg., 50 cent.

600

MAAS

(NICOLAS).

Né à Dordrecht en 1632, mort à Amsterdam en 1693.

14 — Portrait de femme.

Elle est représentée debout, à mi-corps, la tête couverte d'un bonnet de soie noire ; une ample collerette rabattue sur les épaules et des manchettes de mousseline, une robe de soie noire et une faille, qu'elle tient sur le bras gauche, constituent son costume. Elle a les mains croisées ; la droite est dégantée. Près d'elle, un fauteuil, une colonne où s'enroule un rideau violet, et, dans le fond, l'entrée d'un château.

Collection Couteaux. Bruxelles.
Id.   Zaman. Gand.

Toile. Haut., 97 cent. ; larg., 75 cent.

MIERIS

(WILLEM VAN).

Né à Leyde en 1662, mort dans la même ville en 1747

15 — Portrait de l'artiste.

Représenté à mi-corps, vêtu d'un justaucorps de velours brun retenu sur la poitrine par une agrafe en pierrerie. Sur ses épaules est jeté un ample manteau dont les plis sont relevés de la main droite.

Signé à gauche W. V. Mieris f anno 1708.

Collection Vilain XIIII.

Bois. Haut., 17 1/2 cent ; larg.. 14 1/2 cent.

MIERIS

(WILLEM VAN).

1,600

16 — Portrait de la femme de l'artiste.

1,800 Pendant du précédent numéro.

Vue à mi-corps, elle est habillée d'une riche
robe de soie bleue. Sur son épaule gauche est
jetée negligemment une écharpe qu'elle retient
de la main droite. Son abondante chevelure retombe en boucles sur ses épaules.

Signé à gauche W. V. Mieris f^t anno 1708.

Collection Vilain XIIII.

Bois. Haut., 17 cent.; larg., 14 1/2 cent.

MOUCHERON

(FRÉDÉRIC).

Né à Emden en 1633, mort en 1686.

17 — Parc de château.

A gauche un escalier monumental, orné de
vases sculptés, conduit à une terrasse ; un gentilhomme et une dame en descendent les degrés et
se dirigent vers un carrosse attelé de deux chevaux. Un valet de pied et un chien lévrier atten-
dent l'arrivée de leurs maîtres.

Dans la partie droite, on voit un horizon montagneux.

Les figures et les animaux sont dus au pinceau
de A. Van de Velde.

Toile. Haut., 50 cent.; larg., 42 cent.

NEEFS

(PIETER).

Né à Anvers vers 1570, mort vers 1651.

10 20

18 — Intérieur d'église.

8 00 Quelques personnes circulent dans l'église; au centre, deux moines agenouillés dans l'ombre projetée par une colonne; des tableaux, des statues et divers ornements embellissent cette composition, dont les détails d'architecture sont rendus avec une rare précision.

Signé sur une dalle P. N.

Collection Van Saeghem.

Cuivre. Haut., 23 1/2 cent.; larg., 31 1/2.

NEER

(AART VAN DER)

HdG. 116

Né à Amsterdam en 1619, mort en 1683.

19 — Paysage. — Effet de soleil couchant.

L'artiste nous transporte dans un charmant paysage de la Hollande, au moment du coucher du soleil.

Sur les eaux d'un canal intérieur, au bord duquel viennent boire quelques vaches, sont plusieurs barques de pêcheurs voguant en diverses directions. Deux jeunes pâtres sont assis sur le gazon; au premier plan, à gauche, un villageois s'avance dans un sentier qui mène vers le canal; puis toute la gauche est occupée par les habitations variées et pittoresques d'un village.

Les rayons du soleil se reflètent sur la surface des eaux et y répandent une teinte vaporeuse.

Collection Van Saeghem. Gand.

Bois. Haut., 48 cent.; larg., 70 cent.

NEER

(AART VAN DER).

20 — Vue prise en Hollande.

Un canal intérieur de la Hollande se dirige d'arrière en avant, laissant voir sur sa rive droite quelques habitations au milieu desquelles on distingue un clocher, et sur la rive gauche, des constructions plus importantes se dessinant à l'horizon et annonçant une ville qui s'étend et se perd au loin.

La lune vient de se lever et commence à montrer son disque argenté entre les nuages qui le cachaient et qui tiennent encore les deux rives et une partie du canal dans la demi-teinte.

Quelques pâles rayons de l'astre des nuits se reflètent sur les eaux et y produisent un effet très piquant.

Un barrage occupe le premier plan où se trouve une barque de pêcheurs.

Signé A. V. D. N.

Collection Van den Schrieck.

Bois. Haut., 25 cent.; larg., 36 cent.

NEER

ÉGLON VAN DER.

Né à Amsterdam en 1643, mort à Dusseldorf en 1703.

21 — Intérieur hollandais. La dame et sa suivante.

Une dame, en costume élégant et riche, avec
corsage décolleté en satin blanc à manches bouf-
fantes et portant une jupe de soie jaune, cause
avec une jeune et jolie suivante qui lui apporte
une aiguière posée sur un plateau d'argent.

La dame est assise sur un fauteuil garni de
velours rouge ; elle tourne le dos au spectateur ;
sa blonde chevelure, relevée en bandeau, est
entrelacée de rubans bleus et de perles. De la
main droite, elle vient de poser une mandoline
sur une table que recouvre un riche tapis de
Smyrne ; et, de la main gauche, elle semble indi-
quer à la suivante un objet à prendre.

Celle-ci, vue de face, a la chevelure noire : elle
est vêtue d'un corsage en soie brune à manches,
et porte une chemisette en mousseline.

Ce tableau mérite d'être considéré comme le
chef-d'œuvre d'Églon Van der Neer.

Signé Églon Van der Neer f. et daté : 1680.

Cabinet de feu M. Gildemeester. Amsterdam, 1800.
— de M. Jean Golle Franckenstein. Amsterdam, 1833.
— de Brienen de Grootelindt.
Décrit au Catalogue raisonné de Smith, volume IV, page 174, n° 17,
et au Supplément, page 548, n° 3.

Toile. Haut., 42 cent.; larg., 34 cent.

NEER

(ÉGLON VAN DER).

1000

22 — Portrait de jeune femme.

1.800   Elle est représentée dans un parc de château, assise sur un tertre ombragé par un arbre de haute futaie. Elle s'occupe de la confection d'une couronne de fleurs et interrompt un instant son travail pour regarder un pâtre et son troupeau qui arrivent au fond.

Sa chevelure blonde retombe en boucles abondantes sur les épaules; un corsage bleu, une robe de satin jaune et des manches de mousseline constituent son costume.

Signé E.-H. Van der Neer. 1694.

Collection Dosin. Liège.

Bois. Haut., 25 cent.; larg., 19 cent.

OMMEGANCK

(BALTHAZAR-PAUL).

Né à Anvers en 1755, mort en 1826.

23 — Pâturage.

6,200

Dans une prairie des environs de Liége, arrosée par un ruisseau qui serpente entre des rochers occupant la gauche, une jeune et jolie bergère est assise et file à la quenouille. Le troupeau confié à sa garde se compose d'un chevreau et d'une chèvre, de deux moutons placés à gauche, d'une brebis, d'un bélier et d'un bouc ; puis, à droite, d'un âne qui broute l'herbe.

Au fond, des habitations et un paysage pittoresque et montagneux.

Ce tableau a été décrit dans les Annales du Salon de Gand, 1823.

Collection Vrancken, de Lokeren, 1838.
—   Surmont, de Gand, 1851.

Bois. Haut., 58 cent.; larg., 70 cent.

7,000

OSTADE

(ADRIEN VAN).

Né à Haarlem en 1610, mort en 1685.

24 — Le trio flamand.

Devant la porte d'une habitation champêtre, sous une treille aux pampres luxuriants, trois musiciens, un chanteur, un violoniste, un joueur de flûte, improvisent un concert rustique.

Le violoniste, vu de dos, la tête tournée de trois quarts, est assis sur une chaise rustique ; il est vêtu d'un casaquin bleu à manches jaunes et coiffé d'une toque de forme bizarre.

Devant lui le chanteur, appuyant le bras droit sur l'accoudoir de son fauteuil, tient en main le morceau de musique que consulte le flûtiste debout, vu de face.

Sur une table à leur portée, on voit une cruche, une pipe et une boîte à tabac en fer-blanc. Ce tableau est un des plus précieux spécimens du talent de A. Van Ostade.

Signé A. V. Ostade.

Collection de M. Kalkbrenner.
—   Étienne Le Roy.
—   Tardieu. Paris, 1842.
—   Piérard, Valenciennes.
Ce tableau a été gravé sous le titre de *Trio flamand*.

Bois. Haut., 28 cent.; larg., 22 cent.

OSTADE

(ADRIEN VAN).

25 — Intérieur.

5,000

Auprès d'un tonneau, sur lequel est un pot à feu, à côté d'un papier contenant du tabac, sont deux buveurs aux trognes rubicondes et déformées par les libations nombreuses que depuis de longues années ils se sont habitués à faire.

L'un d'eux, assis sur un siège grossier, allume tranquillement sa pipe, tandis que son compagnon, debout et coiffé d'un feutre pointu, a son bras gauche appuyé sur l'épaule du premier et tient de sa main droite un cruchon avec lequel il va bientôt étancher sa soif inextinguible.

Signé A. V. Ostade.

Collection Van Slingelandt, Dort, 1785.
— Goll de Frankenstein. Amsterdam, 1833.
Catalogue raisonné de Smith, volume I, page 133, n° 92.

Bois. Haut., 23 cent.; larg., 19 1/2.

8,000

RUISDAEL

(JACQUES).

Né à Haarlem en 1625, mort dans la même ville en 1682.

26 — Paysage. — Entrée d'un bois.

Cette toile représente un des plus délicieux paysages de ce maître. Il offre la vue d'un bois touffu, près d'une mare à laquelle aboutit un chemin creux détrempé, que suivent péniblement un paysan et un enfant, accompagnés de deux chiens. Toutes les basses et hautes futaies se détachent sur un ciel fortement nuagé et éclairé par le soleil après un temps d'orage.

Cette production est de la meilleure époque de ce maître. Le coloris en est sévère, la touche fine et délicate, et le tout d'un rendu surprenant de vérité.

Signé J. Ruisdael.

Collection de M. le colonel Bourgeois. Paris.
—   Th. Patureau. Paris.

Toile. Haut., 51 cent.; larg., 65 1/2 cent.

SAFT LEVEN

(HERMAN).

Né à Rotterdam en 1609, mort en 1685.

27 — La Grange.

Au premier plan, à droite, deux jeunes garçons jouent aux billes, l'un d'eux, accroupi, s'apprête à lancer sa bille ; l'autre, debout derrière lui, joignant la parole aux gestes, essaye de le distraire et de lui faire manquer son jeu.

A gauche près d'un poulailler formé de quelques planches clouées sur des madriers enchevêtrés, sont placés dans un désordre pittoresque : un chaudron reposant sur une futaille, une baratte appuyée contre un tonneau supportant une selle, une grande cruche à lait ; enfin, d'un baquet renversé où se voient encore un plat d'étain et une botte d'oignons, sont tombés un chou cabus et un chou rouge qui gisent sur le sol.

Au fond, près de la porte d'entrée de cette grange, une bonne ménagère donne la picorée à ses poules, et deux jeunes bambins, placés à l'extérieur, la regardent. Un hibou juché sur une huche à pain et une poule, sur une baratte, complètent la composition.

Signé à gauche Harmanus Saft Leuen 1654.

Bois. Haut., 40 cent.; larg., 56 1/2 cent.

SEGHERS

(DANIEL).

Né à Anvers en 1590, mort dans cette ville en 1661

ET

QUELLYN

(ERASME).

Né à Anvers en 1607, mort en 1678.

28 — Autel orné de fleurs.

Un groupe de marbre représentant l'éducation de la Vierge est placé au centre d'un cartouche Renaissance, orné de guirlandes de fleurs variées, rendues avec cette finesse de tons et cette harmonie qui caractérisent les belles œuvres de Seghers. Parmi ces fleurs se remarquent des roses blanches et rouges, des pivoines, des tulipes, des œillets, des lis, des narcisses, des jonquilles, des jacinthes et des primevères.

Quelques lépidoptères animent le tableau.

Signé D. Seghers Soc^tis Jesu.

Collection de Maertelaere. Gand.

Toile. Haut., 117 cent.; larg., 90 cent.

SNYDERS

(FRANÇOIS).

Né à Anvers en 1579, mort à Bruxelles en 1657.

29 — Nature morte et fruits.

Sur une table couverte d'un tapis rouge sont
étalés : un pluvier, une bécasse, une perdrix reposant sur un artichaut et quelques petits oiseaux
de tenderie : grives, becfigues, chardonneret,
bouvreuil. En arrière, des fraises dans une coupe
en faïence de Delft, un melon et une corbeille
d'osier pleine de grappes de raisins noirs et blancs,
encore attachées aux ceps nourriciers.

Tableau remarquable dans l'œuvre de Snyders
où se retrouvent toutes ses qualités.

Bois. Haut., 55 cent.; larg., 71 cent.

STEEN

(JEAN).

Né à Leyde en 1626, mort dans la même ville en 1679.

30 — L'indisposition.

Une jeune dame, vêtue d'un casaquin bleu et d'un jupon de satin violet, est couchée sur un lit en partie couvert d'un tapis et garni de rideaux de soie jaune-brun. Un médecin, élégamment costumé, lui tâte le pouls; une dame, placée au chevet du lit, sourit en attendant le pronostic du docteur.

Plus loin, un jovial domestique porte d'une main un plat chargé d'un gâteau, et de l'autre un pot de bière; à côté de lui, une femme est occupée à ouvrir des huitres; enfin, des voisins semblent se confier en riant le secret de la maladie.

Parmi de nombreux accessoires, on distingue, au premier plan, une chaufferette; un chien est couché sur l'extrémité du tapis qui traîne à terre.

Signé sur la chaufferette : J. Steen.

Collection Van Leyden. Paris, 1804.
—   colonel Biré. Paris, 1841.
—   Piérard. Valenciennes.

Bois. Haut., 49 cent.; larg., 37 cent.

TENIERS

(DAVID, LE FILS).

Né à Anvers en 1610, mort à Bruxelles en 1694.

31 — Village de Flandre.

A la porte d'un cabaret sont attablés trois villageois occupés à fumer. Un d'eux cause avec un quatrième compagnon qui, debout, le verre à la main, attend que son interlocuteur ait fini pour boire une rasade; il est accompagné d'un brave campagnard coiffé d'une toque.

La cabaretière rentre chez elle en tenant une canette vide à la main.

Au premier plan, à droite, près d'une barrière servant de garde-fou, sont posés sur une table une écuelle, un pot et un balai, puis à terre des potiches et un chaudron renversé.

De l'autre côté de la rivière qui traverse le paysage, sont plusieurs habitations pittoresques s'élevant entre des bouquets d'arbres.

Signé D. Teniers.

Collection cardinal Valentz, 1744.
 —   Delamarre, Versailles.

Bois. Haut., 23 1/2 cent.; larg., 34 cent.

TENIERS

(DAVID, LE VIEUX).

Né à Anvers en 1582, mort en 1649.

32 — Vue du village de Perck (Brabant).

Trois villageois ont fait halte au bord d'un chemin occupé, à gauche, par des terrains sablonneux et escarpés, dominés par des arbres de haute futaie.

Le plus âgé, vu de trois quarts, assis sur un tertre, cause avec ses deux compagnons debout devant lui. Plus loin s'éloigne un paysan portant un fardeau. Au fond, l'église, le château de Perck et, dans une prairie, un pâtre et son troupeau.

Collection P. Tiberghien. Gand. 1810.

Bois. Haut., 47 cent.; larg., 62 cent.

ULFT

(JACQUES VAN DER).

Florissait en 1627.

33 — Marche triomphale.

1.220

Un triomphateur, monté sur un char et suivi d'une nombreuse escorte, s'avance vers un temple en partie ruiné. A droite et à gauche, des personnages sont rangés pour voir défiler le cortège qui, après avoir traversé un pont surmonté d'un arc de triomphe, suit un quai bordé de monuments de différents caractères.

Signé J. Van d. Ulft f.

Cabinet Piérard. Valenciennes.

Bois. Haut., 19 cent.; larg., 19 cent.
1.000

VELDE

(ADRIEN VAN DE).

Né à Amsterdam en 1639, mort en 1672.

34 — La Sortie de la bergerie.

Rien de plus simple, de plus vrai en même temps que le sujet de cette pastorale, dans le goût hollandais. Un pâtre se tient auprès de la porte d'une bergerie d'où achèvent de sortir quelques moutons retardataires.

Au centre du tableau, une femme agenouillée trait une belle vache rousse; à côté, se trouvent quelques brebis vivement éclairées par le soleil.

A la gauche du spectateur, un grand arbre; à droite, une construction; et dans le lointain, des montagnes qui ferment l'horizon : en quelques mots, voilà toute cette page d'Adrien Van de Velde, dont le pinceau rivalise avec la nature et la vie.

Signé A. V. Velde, 1662.

Collection du comte de Selle, 1761.
    —   de M. Verhulst, 1779.
    —   Le Bœuf, 1782.
    —   Castlemore, 1791.
Cabinet du comte d'Hane de Steenhuyse. Gand.
Catalogue raisonné de Smith, volume XI, page 174, n° 9.

Toile. Haut., 32 cent.; larg., 50 cent.

VELDE

(WILLEM VAN DE).

Né à Amsterdam en 1633, mort à Londres en 1707.

35 — Marine.

La mer est dans un calme plat et la brise se fait
à peine sentir. A gauche est une corvette dont la
grande voile est carguée et que vient de quitter
une chaloupe ramenant au port quelques person-
n ages. A droite, plusieurs barques de pêcheurs,
dont les équipages sont diversement occupés.
Près de la plage, au premier plan, un matelot, les
jambes dans l'eau, et ses deux compagnons radou-
bent un des deux canots que la mer y a laissés
à sec.

Des embarcations cinglent la surface des eaux
en diverses directions, et ajoutent encore à l'effet
de cette composition remarquable par la puissance
de la lumière si habilement distribuée.

Le ciel est chargé de nuages qui s'éclaircissent
à l'horizon, où les flots de la mer semblent se
réunir à la voûte céleste.

Signé W. V. Velde, 1672.

Collection de M. le comte de Morny. Paris.

Toile. Haut., 43 cent.; larg., 54 cent.

VERELST

(PIERRE).

XVIIᵉ siècle

36 — Les Bohémiens.

Ils sont réunis dans une salle voûtée dont la
porte d'entrée occupe le fond du tableau. Au premier plan deux mendiants jouent aux cartes ; un
personnage accroupi sur le sol suit le jeu et à
droite un homme, coiffé d'un feutre rabattu sur
les yeux, leur apporte du vin et des vivres ; plus
au fond un groupe de buveurs et un garçon rou-
lant une futaille ; à gauche une diseuse de bonne
aventure prédit sa destinée à un niais dont elle
tient la main pendant qu'un filou le dévalise.

Signé P. Verelst, 1655.

Bois. Haut., 36 1/2 cent. ; larg., 31 1/2 cent.

WET

(JEAN DE).

Florissait en 1617.

37 — Sainte Élisabeth de Hongrie?

460

A droite, sainte Élisabeth de Hongrie, assise sur un trône d'or, revêtue du manteau de pourpre et la tête coiffée d'une toque emplumée, fait distribuer aux pauvres ses bijoux et sa vaisselle d'or pour les convertir en sacs de blés.

Au bas des degrés, les mendiants et leurs familles, les uns implorant la charité, les autres s'en allant les mains pleines.

A une table placée près de la reine, un tabellion inscrit les marchés conclus avec les paysans qui apportent le grain.

Dans le fond une rivière, puis une ville.

Signé sur un sac, J.-D. Wet.

500

Collection Van Saeghem. de Gand.

WOUWERMAN

(PHILIPPE).

Né à Haarlem en 1619, mort dans cette ville en 1668.

38 — Le cheval rétif.

Composition pleine d'animation; tout y est admirable et d'une exécution des plus soignées.

Deux palefreniers retiennent un cheval à robe grise qui se cabre, tandis qu'un autre au pelage alezan s'est mis à ruer à leur approche.

Au-devant de ce groupe, un homme à cheval crie en levant son bâton, pour faire rentrer dans le devoir le coursier plein de fougue qui s'est dressé majestueux sur ses jarrets, et semble refuser d'obéir à la main de son conducteur.

Dans l'écurie, à gauche, on remarque deux chevaux attachés au râtelier.

Plus loin un cavalier, caché en partie dans son manteau, rit de cette scène tumultueuse, tandis qu'une femme effrayée, tenant son jeune enfant par la main, s'éloigne au plus vite.

Un garçon d'écurie frappe le cheval qui rue, et un chien blanc joint ses aboiements aux cris mêlés de quelques termes énergiques des principaux acteurs de cette scène, parmi lesquels se trouve un autre garçon d'écurie qui a été jeté à terre, et se relève avec peine.

Le paysage se termine, au fond, par des collines sablonneuses, où se dressent des broussailles.

Il serait impossible de trouver une production plus parfaite que celle-ci, tant sous le rapport du brillant coloris que sous celui de l'exécution qui y sont des plus précieux.

Collection Van der Pals, Rotterdam 1824.
— Verbrugge, La Haye, 1831.
— E. Le Roy.
— Chaplin, Londres.
— Van den Schrieck.
Supplément du Catalogue raisonné de Smith, page 214, n° 222.

Bois. Haut., 44 cent.; larg., 37 cent.

WOUWERMAN

(PHILIPPE).

6,500

39 — Écurie flamande.

6,000 Nous y remarquons trois chevaux, dont le premier, de pelage bai brun, se désaltère dans un
seau plein d'eau posé à terre, tandis que le se-
cond, de couleur brune, saisit du foin au râtelier,
dans lequel un palefrenier est occupé au fond à
préparer le fourrage nécessaire pour le troisième
cheval à robe blanche, que conduit un domestique et que vient d'abandonner son cavalier.

Celui-ci entre dans l'écurie, ayant sous le bras
la selle de sa monture, et en passant il adresse la
parole à une villageoise assise sur le sol et tenant
un enfant sur ses genoux.

Deux poules animent le premier plan de cette
charmante et naïve production, qui laisse voir
par l'entrée ouverte, au fond, une habitation et la
campagne, que traverse un mendiant avec un petit
garçon.

Signé du monogramme.

Gravé par Moyreau, n° 79 de son œuvre, sous le titre d'*Écurie
flamande*.
Collection Denis. 1755.
    —   Reynders. Bruxelles, 1821.
    —   Smith, 1828.
    —   Désiré Van den Schrieck. Louvain.
Catalogue raisonné de Smith, volume I. page 281, n° 296.

Bois. Haut., 35 cent.: larg., 44 cent.

WOUWERMAN

(PHILIPPE).

40 — Halte de chasseurs.

10,000

Paysage pittoresque occupé à droite par un cours d'eau bordé d'un côté par des terrains sablonneux et escarpés, à gauche par des massifs de rochers couverts de verdure et dominés par les ruines d'un château qui rappelle les temps féodaux. Un chemin sinueux décrit ses méandres entre ses rochers et vient aboutir à la rivière où se trouvent plusieurs lessiveuses et des baigneurs.

Au bas du chemin est une jeune châtelaine montée sur une haquenée blanche; devant elle un gentilhomme tenant un faucon sur le poing va faire rafraîchir sa monture, un cheval alezan, auquel une femme apporte un seau d'eau. Un valet tient en laisse un cheval qui s'abreuve à la rivière; une femme portant du linge traverse le gué et se dirige vers la route où se voient deux moines dont un rattachant ses sandales, une paysanne portant un fardeau, un muletier et une meute.

Collection de M. P.-V. DONCKER, Bruxelles, 1798.
   —   Van Saeghem de Gand, Bruxelles, 1851.
   —   Théod. Patureau, et décrit au supplément du Catalogue raisonné de Smith, page 227, n° 258.

Toile Haut., 65 cent.; larg., 80 cent.

12,000

HOECK

(JEAN VAN).

Né à Anvers en 1598, mort à Bruxelles en 1651.

Élève de Rubens.

41 — Sujet religieux.

La Vierge assise tient sur ses genoux l'enfant Jésus qui, debout, donne la main au petit saint Jean.

Bois. Haut., 88 cent.; larg., 71 cent.

GUARDI

(FRANÇOIS).

Né à Venise en 1712, mort en 1793.

42 — Vue du grand canal à Venise.

Toile. Haut., 29 cent.; larg., 42 cent.

OBJETS D'ART.

ÉMAUX ET MINIATURES.

43. — Émail de Petitot représentant le portrait de Claude Perrault, architecte de Louis XIV, auteur des plans du Louvre. Provient de la vente Alègre, 1872.

44. — Tabatière carrée en écaille brune doublée en or; sur le couvercle un petit émail de Petitot. Portrait de la reine Marie-Thérèse, femme de Louis XIV, encadrement en or.

45. — Émail de Limoges, cintré, représentant la Vierge et saint Jean au pied de la croix.

46. — G. Coques. Petit portrait de jeune gentilhomme
hollandais, miniature à l'huile, ovale.

47. — Petit portrait d'un guerrier de la cour de Louis XV,
décoré de la Toison d'or.

48. — Malpé, d'après Greuze. Portrait en buste d'une
jeune fille en bacchante, couronnée de pampres;
miniature sur ivoire.

49. — Miniature sur vélin, portrait à mi-corps d'une dame
artiste. Cadre en bronze doré et ciselé.

IVOIRES ET BUIS SCULPTÉS.

50. — Bonbonnière ronde en écaille brune, sur le couvercle une miniature sur ivoire, par Van Spaendonck,
d'une exécution étonnante de finesse; elle représente un vase de jardin contenant des fleurs et
auprès duquel est jeté un gros bouquet de fleurs
variées, encadrement en or. Provient de la reine
Marie-Antoinette.

51. — Très belle figure en ivoire, travail italien de la Renaissance, représentant saint Sébastien attaché à un
arbre pour subir le martyre.
    Hauteur de la figure du saint, 25 centimètres,
hauteur totale de la pièce, 31 centimètres.

52. — Très beau groupe en haut-relief en ivoire sculpté
représentant le Christ mort soutenu par deux
anges.
    Hauteur, 20 centimètres, largeur, 14 centimè-
tres. Provient du cabinet du comte de Marnix, à
Malines.

53. — Bas-relief elliptique en ivoire sculpté : amours faisant la vendange.

54. — Beau groupe en ivoire sculpté en haut-relief par Pompe, représentant des enfants jouant avec un bouc.

55. — Petit groupe en haut-relief représentant Hercule assommant un égipan à coups de massue.

56. — Groupe Renaissance en bois sculpté représentant la Vierge tenant l'enfant Jésus : sur le piédestal deux anges portent un bas-relief représentant la glorification de la Vierge.

57. — Tabatière en forme de coquille formée de deux plaques d'ivoire sculptées et serties dans une garniture en argent. Le couvercle représente la chaste Suzanne surprise par les vieillards ; le dessous, une panoplie.

58. — Deux médaillons, encadrements en argent filigrané renfermant chacun 7 bustes de grands hommes, en ivoire sculpté.

59. — Médaillon rond de même travail renfermant les bustes de Henri IV et de Gabrielle d'Estrées.

60. — Deux petits médaillons en ivoire finement découpé, représentant des marines; ils sont réunis dans un encadrement en mosaïque.

61. — Pâtre et son troupeau, bas-relief en ivoire dans un médaillon en cuivre doré.

62. — Porte-cartes en ivoire sculpté, à quatre sujets représentant des scènes de paysans, d'après Teniers.

63. — Râpe à tabac en ivoire sculpté représentant un homme tenant un hibou sur le poing au-dessus de fleurs et de fruits.

OBJETS EN OR, VERMEIL ET CUIVRE.

64. — Montre Louis XV en or à double caisse en or repoussé et ciselé, représentant un sujet historique du règne de Louis XV.

65. — Boîte carrée en vermeil, sur le couvercle une grande mosaïque de Florence, fixée sur jaspe sanguin et représentant un site italien, avec personnages d'après Claude Lorrain.

66. — Plaque en vermeil entièrement repoussée, avec sujets tirés de l'Iliade.

67. — Petit bas-relief en argent très finement ciselé, représentant Jésus-Christ amené devant Caïphe.

68. — Petit bas-relief en vermeil, un chasseur (moderne).

69. — Bas-relief carré en cuivre repoussé : enfants dans un paysage.